Dados Internacionais de Catalogação na Publicação (CIP)
(Câmara Brasileira do Livro, SP, Brasil)

Mañeru, María
   Doces contos : um livro de histórias para ter lindos sonhos / textos María Mañeru ; [ilustrações Susana Hoslet Barrios ; tradutora Claudia Barros Vilas Gomes]. – Barueri, SP : Girassol, 2014. – (Coleção um país de contos ; v. 3)

   Título original: Dulces sueños.
   ISBN 978-85-394-2091-9

   1. Contos - Literatura infantojuvenil
vi. Barrios, Susana Hoslet. II. Título. III. Série.

14-01540   CM-028.5

Índices para catálogo sistemático:
1. Contos : Literatura infantil 028.5
2. Contos : Literatura infantojuvenil 028.5

Textos: María Mañeru
Colaboração nas ilustrações: Susana Hoslet Barrios

© Editorial LIBSA, Madrid

Publicado no Brasil por Girassol Brasil Edições Ltda.
Al. Madeira, 162 – 17º andar – Sala 1702
Alphaville – Barueri – SP – 06454-010
leitor@girassolbrasil.com.br
www.girassolbrasil.com.br

Diretora editorial: Karine Gonçalves Pansa
Coordenadora editorial: Carolina Cespedes | Editora assistente: Ana Paula Uchoa
Assistente editorial: Carla Sacrato | Tradutora: Claudia Barros Vilas Gomes
Editora da tradução: Márcia Lígia Guidin | Diagramação: Patricia Benigno Girotto

Sumário

O monte de pedras	4
O soldado pacífico	6
A reunião dos brinquedos	8
Carlota tira um... onze!	10
Como a girafa conseguiu seu pescoço	12
Ismael Quebra-Tudo	14
O país da chuva	16
Quatro pratos diferentes	18
O rei ga-ga-ga-ga-go	20
Quando Mateus subiu a montanha	22
O grande tesouro	24
A pequena mentira	26
Abelardo, o leopardo	28
O homem sábio e o gato	30
O dragão do espirro	32
Quando a coruja se perdeu	34
Elvira e a sopa de letras	36
O grande roubo do século	38
O príncipe chorão	40
A formiga Isabel cruza o mar	42
Afonso quer ser viking	44
Manuel Leitor	46
Quando José conheceu o senhor Porfavor	48
A princesa que não queria se casar	50
O morcego e a neve	52
Lúcia Não-Acredito	54
Uma mensagem na garrafa	56
Um conto chinês	58
Areia e rocha	60
Os óculos mágicos de Laura	62

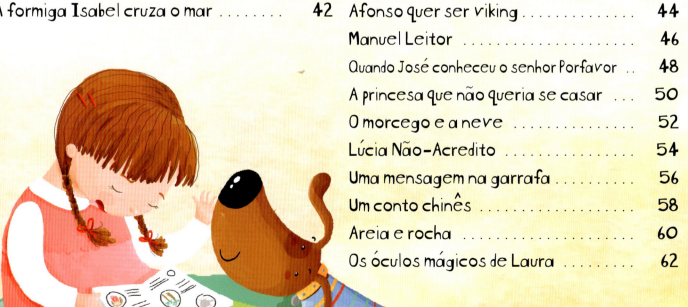

O monte de pedras

Gonçalo era um menino encantador, mas tinha um grave defeito: o gênio muito forte. Isso quer dizer que, quando não gostava de algo, ele se zangava de tal maneira que dizia e fazia coisas terríveis.

Um dia, cansado do mau gênio de Gonçalo, seu pai o levou ao jardim.

— Você está vendo este monte de pedras enormes? — perguntou ao filho. — Pois toda vez que se zangar, você vai pegar uma delas, levando-a para trás da casa.

Assim, nos primeiros dias, Gonçalo carregou muitas pedras porque se zangou muitas vezes. E a montanha de pedras foi ficando pequena no jardim e crescendo nos fundos da casa.

Gonçalo rapidamente percebeu que era muito cansativo transportar aquelas pedras pesadas. Assim, pouco a pouco, foi dominando seu temperamento para não ter de carregá-las.

No final, Gonçalo tinha suavizado tanto o mau gênio que passou muitos dias sem ter que levantar uma pedra sequer.

O pai então fez com que o menino tirasse todas as pedras do jardim e ensinou-lhe algo mais:

— Você está vendo os buracos que as pedras pesadas deixaram na terra?

— Quando você se zanga e diz coisas feias para as pessoas, deixa um buraco parecido com esses no coração delas.

Desde esse dia, Gonçalo não voltou a ter mau gênio.

O soldado pacífico

Era uma vez, no Reino Distante, um soldado muito elegante, muito valente e muito forte. Era um cavaleiro completo.

Causava admiração por onde passava:

As damas diziam:
— Oooooohhhhhh!

Os cavaleiros diziam:
— Aaaaaahhhhhh!

A rainha surpreendia-se:
— Uaaaaauuuuu!

No entanto, ninguém nunca tinha visto o soldado lutar e isso tinha uma explicação muito simples: nosso soldado era totalmente PA-CÍ-FI-CO. Não gostava de guerras, nem de batalhas, nem de lutas, nem de combates, nem sequer gostava de discutir um pouquinho de vez em quando.

Mas, um dia, o Reino Vizinho declarou guerra ao Reino Distante. E, como eram reinos de faz de conta, em vez de fazer uma guerra normal e banal, decidiram que lutariam entre si o melhor soldado de cada reino. Nem é preciso dizer que o Reino Distante escolheu o soldado pacífico, enquanto o Reino Vizinho enviou para a batalha o soldado medroso.

O lugar escolhido para a batalha ficava no meio de um grande campo. De um lado, os reis e os habitantes do Reino Distante e, do outro, os do Reino Vizinho. Os dois soldados caminharam até a metade do prado e falaram:

— Não quero lutar — disse o soldado pacífico. — Odeio guerras.

— Eu tampouco — replicou o soldado medroso. — Batalhas me dão medo.

Eles selaram a paz, e foi organizada uma grande festa entre os dois reinos. Desde então se enaltece o valor dos soldados, porque evitar uma guerra é muito melhor que ganhá-la.

A reunião dos brinquedos

Naquela noite, no quarto de Hugo, havia um grande tumulto. Todos os brinquedos tinham se reunido para falar sobre o futuro, porque desde que o robô XRZPlus havia chegado, Hugo parecia ter se esquecido deles.

— Temos que recuperar a atenção do Hugo — disse o quebra-cabeça, que era muito sábio.

— O que vamos fazer? — perguntaram os patins e as bolas, que eram muito amigos.

— Temos que nos acostumar — disse a massinha de modelar.

A boneca e as pelúcias começaram a chorar, os blocos de montar entraram em sua caixa muito tristes e a minicozinha deixou cair, com estrondo, todas as louças. Os brinquedos estavam desolados.

Mas o quebra-cabeça tinha um plano de mestre:

— Vamos nos aliar às pilhas — disse.

E assim foi. As pilhas, que eram muito solidárias, fizeram greve e, a partir de então, o robô XRZPlus deixou de funcionar. No começo, Hugo ficou muito irritado, sacudiu o robô e até jogou o brinquedo no chão, mas ele continuou sem funcionar.

Hugo sentiu-se tremendamente entediado, não sabia o que fazer sem sua maquininha! E então, começou a se distrair de novo com os brinquedos de sempre, descobrindo outra vez como eram divertidos.

Desde então, Hugo brinca todos os dias não só com o robô, mas também com os outros brinquedos e, mais do que tudo, adora sair para patinar ou jogar futebol com outras crianças!

Carlota tira um... onze!

Carlota era uma menina muito inteligente e só tirava boas notas: oito em matemática! Nove em inglês! Nove e meio em língua portuguesa. E, um dia, tirou a melhor nota de todas, uma grande nota DEZ!

Seus pais, muito orgulhosos, contaram para todos os vizinhos:

— Já souberam? Carlota tirou um dez!

A partir de então, qualquer nota parecia pouco para ela e Carlota queria continuar recebendo prêmios. Assim, pensou em trapacear e dar a si mesma uma nota melhor. Inventou uma prova de matemática dificílima e, para que todos vissem como era inteligente, se deu uma nota onze.
Seus pais ficaram admirados:

— Onze! — exclamaram os dois. — Isso existe?

— Claro! — respondeu Carlota. — É a nota mais alta.

Os pais queriam muito acreditar na filha, e então saíram contando o feito para todo mundo:

— Carlota tirou um onze!

A notícia passou de boca em boca até chegar aos ouvidos da professora de Carlota, que sabia que tirar um onze era impossível e quis dar uma lição na menina.

— A partir de agora, a nota mais baixa será o onze e a mais alta, o vinte — disse para os alunos.

Ao descobrir que o onze era igual a um zero, todos caçoaram do onze da menina!

— Nunca mais vou fazer trapaças — garantiu Carlota.

E desde então comemora em grande estilo os setes, oitos, noves e um ou outro dez, porque não necessita mais de números para parecer inteligente.

Como a girafa conseguiu seu pescoço

Quando o deus Cagn criou os animais, a cada um atribuiu um dom. Ao elefante concedeu o dom de ser o maior; ao leão, o de ser o rei da selva; ao guepardo, o de ser o mais rápido; ao crocodilo, o de ser governante das águas e ao urubu, dos céus. E no final, quando já estava muito cansado, criou a girafa.

A girafa podia correr com suas quatro patas, mas não era a mais rápida. Podia se camuflar com a paisagem graças às suas manchas, mas, como era bem grande, no final sempre a viam.

Mas a girafa sofria porque na savana as árvores eram muito altas e, por mais que se esticasse, não alcançava os galhos, e por isso passava fome.

Um dia, Cagn foi ver os animais e perguntou para eles se estavam contentes com os dons que ele havia concedido. O elefante estava orgulhoso de seu grande tamanho, o mosquito era feliz sendo o menor, o rei leão vivia muito tranquilo rodeado de seus súditos, o guepardo não tinha rival na corrida, o crocodilo era amo e senhor das águas e o urubu estava muito satisfeito de contemplar a terra lá do céu.

Mas a girafa, timidamente, disse:

— Eu gostaria de ser mais alta para poder chegar aos galhos das árvores.

E então Cagn alongou suas patas e seu pescoço, transformando a girafa no animal mais alto. Mas, em troca desse dom, Cagn impôs a condição de que ela trabalhasse para ele e, por sua grande altura, fosse guardiã de todos os animais. E essa é a razão pela qual as girafas dormem só duas horas por dia: precisam estar acordadas para vigiar os outros animais.

Ismael Quebra-Tudo

Não acredito que já tenha existido um menino mais inquieto e nervoso que Ismael Quebra-Tudo. Desde o berço, não parava de mexer as mãos e os pés, e balbuciava, sem dúvida, coisas muito importantes, mas que ninguém compreendia.

Quando começou a andar, era um autêntico terremoto: abria as caixas e tirava tudo o que estivesse dentro, entrava nos armários, uma vez quis entrar na máquina de lavar e, em outra ocasião, no forno.

Não havia lugar que ele não explorasse e, o pior de tudo, vivia quebrando as coisas.

Rapidamente, em sua casa não sobrou um objeto de cristal, vidro ou porcelana.

Todos eram obrigados a comer em pratos de metal, com talheres de madeira, e a vestir-se com duros tecidos de algodão, porque Ismael quebrava tudo o que tocava, rasgava as cortinas e fazia em pedaços qualquer material que não fosse muito, mas muito resistente. Era, o que se diz, um menino de muita atitude.

Quando cresceu, Ismael Quebra-Tudo tornou-se astronauta, descobriu a face oculta da Lua e foi o primeiro humano a quebrar a barreira do som.

Quem diria que Ismael, quando adulto, ficaria tão famoso justamente por quebrar algo?

O país da chuva

Houve uma vez um país muito distante onde, um belo dia (talvez uma terça-feira), começou a chover. Choveu o dia todo e a noite inteira. No dia seguinte, continuou chovendo, e no seguinte e no seguinte e no seguinte... e não parou de chover por tantos anos que, enfim, nos mapas-múndi ele passou a ser chamado de País da Chuva.

Os habitantes não sabiam o que fazer, estavam cansados de ter que sair de casa sempre com guarda-chuva e botas, não aguentavam mais a chuva em todas as suas formas: temporais, garoas, dilúvios, aguaceiros, tormentas ou tempestades.

Assim, o primeiro-ministro reuniu sua equipe e, em conjunto, decidiram que o melhor era escorrer as nuvens para esvaziá-las por completo. Para isso, construíram uma grande máquina com braços metálicos tão compridos que alcançavam o céu. Escorreram todas as nuvens, de modo que durante uns dias, mais que chover, caiu um dilúvio.

Depois, o céu clareou e logo apareceu o Sol. Era um Sol brilhante, esplêndido, maravilhoso, um Sol que aquecia e secava tudo. Pela primeira vez em muitos anos, as crianças saíram para brincar no parque, os adultos puderam passear e as flores se abriram e viveram felizes.

E assim foram passando os dias. Dias tão ensolarados e calorosos que a terra secou, as plantas murcharam, a colheita diminuiu, a comida acabou e então os habitantes começaram a passar fome e sede.

— Precisamos da chuva! — disseram ao primeiro-ministro.

Percebiam agora que a chuva tinha sido um tesouro. Por sorte, um belo dia, o céu ficou nublado e começou a chover outra vez, devolvendo a vida ao País da Chuva. Seus habitantes nunca mais reclamaram, pois compreenderam que a chuva era a fonte da vida daquele lugar.

Quatro pratos diferentes

Um dia, quatro viajantes se encontraram em uma clareira, no meio do bosque, e começaram a conversar.

— Eu sou Ernesto — disse o primeiro viajante —, e venho da Alemanha.

— Eu sou Juan — disse o segundo —, e venho da Espanha.

— Eu sou Tariq — disse o terceiro —, e venho da Turquia.

— Eu sou Igor — disse, por fim, o quarto —, e venho da Polônia.

Os quatro começaram a falar de seus respectivos países e todos aprenderam algo novo. Então, decidiram comer juntos.

— Eu quero comer *peynir* — disse Tariq, o turco.

— Não! — negou-se Ernesto, o alemão. — Comeremos *käse*.

— Não penso em comer nada disso — disse Juan, o espanhol. — Comeremos *queso*.

— De modo algum! — negou-se Igor, o polonês.
— Vamos comer *ser*.

E assim, começaram a discutir porque nenhum dos quatro queria comer o alimento desconhecido que os outros ofereciam. Desse modo, a noite chegou e eles continuavam discutindo sem terem comido.

Então, apareceu a sábia coruja e disse a eles:

— Vocês estão discutindo à toa, porque *peynir*, *käse*, *ser* e *queso* são a mesma coisa em diferentes idiomas.

Os quatro ficaram muito envergonhados por terem se irritado tanto já que se tratava do mesmo alimento. Fizeram as pazes e sentaram-se para comer o queijo, com o nome diferente em cada língua. E assim perceberam que justamente a língua era muito mais o que os unia do que o que os separava.

O rei ga-ga-ga-ga-go

Há muito, muito tempo, houve um reino maravilhoso onde todos os habitantes eram muito, muito felizes.

Um dia, o rei, que já era bem idoso, decidiu que era preciso encontrar um sucessor, porque ele já estava cansado de governar. E anunciou então uma competição para buscar o novo rei.

Aquele que conseguir trazer uma flor de ouro da árvore mágica se tornará rei.

Mas a árvore mágica era vigiada por um dragão supergenioso. E todos os que se apresentaram para a competição foram afastados pelo dragão de maus modos: ninguém pôde trazer a flor de ouro.

Contudo, naquele reino vivia Ulisses. Era um jovem esperto e alegre, mas também valente e determinado, e por isso decidiu apresentar-se ao dragão. Ao ver um animal tão grande e perigoso, Ulisses ficou nervoso e começou a gaguejar:

— Venho po-po-po-po-po-po-po...

O dragão era muito curioso e adorava charadas.

— Você vem para me exigir algo? Ou para roubar meus tesouros?

— Venho po-por-por-por-por... — continuou gaguejando o rapaz.

E o dragão, cada vez mais intrigado, tentou adivinhar de novo:

— Vem por minhas pedras preciosas? Por meu ouro e minha prata?

— Venho por-uma-uma-uma-uma... — gaguejou outra vez.

— Por uma... o quê? — gritou o dragão, impaciente. — Está bem. Se você me disser o que é, eu darei a você.

— Por uma flor de ouro! — disse Ulisses de uma vez.

O dragão ficou sem alternativa a não ser dar a flor, e foi assim que Ulisses se tornou rei.

Um rei que algumas vezes gaguejava, mas tão valente e esperto como jamais se voltou a ver.

Quando Mateus subiu a montanha

Existiu uma vez um povoado que ficava na encosta de uma grande montanha. Era muito alta e subir até lá, segundo os habitantes mais velhos da região, era impossível.

Eles diziam que a montanha era muito íngreme e perigosa e que, por isso, era impossível chegar ao cume. Assim, ninguém jamais tinha se atrevido a subir a montanha e, portanto, desconhecia o que havia do outro lado.

Naquela aldeia, morava um menino chamado Mateus, muito inteligente e agitado. Seus pais estavam desesperados, porque ele não tinha medo de nada, vivia se balançando bem alto, descia a encosta em velocidade, atirava-se na parte mais funda do rio e, um dia, até se atreveu a dizer:

— Vou subir a montanha e assim saberemos o que há do outro lado.

Uma manhã, Mateus saiu de casa e começou a subir a montanha. Encontrou alguns arbustos, mas afastou-os com um pau e continuou subindo.

Então, a montanha ficou rochosa, mas Mateus pôs os pés com muito cuidado e continuou subindo.

Em pouco tempo, alcançou a parte mais alta, que estava coberta por neve. Ele parou, colocou o gorro, o cachecol e as luvas que levava em sua mochila e continuou subindo, até que chegou ao topo.

De lá, viu um vale verdinho, cheio de árvores, e um povoado. Mateus desceu até o outro lado e chegou à aldeia desconhecida. Os habitantes olharam o viajante muito intrigados, porque ali nunca tinham visto um estrangeiro.

Mateus contou que vinha do outro lado, onde havia um povoado como o deles, e que as pessoas também achavam que era impossível subir a montanha. E foi assim que as duas cidadezinhas se conheceram, porque, ao ver que Mateus tinha atravessado a montanha, perceberam que todos conseguiriam. Porque você, menino ou menina, precisa saber que muitas vezes o que nos impede de subir montanhas é apenas o próprio medo.

O grande tesouro

Era uma vez um homem que só podia amar suas riquezas, pois já era idoso e tinha dedicado a vida a consegui-las. Durante anos, tinha trabalhado sem descanso para acumular mais e mais moedas, e agora era imensamente rico.

Todos os dias ele contava suas moedas e as acariciava como o bem mais precioso. E como havia acumulado uma enorme quantidade, começou a pensar que, com certeza, alguém viria roubá-lo. Essa ideia instalou-se em sua cabeça e ele já não dormia, pensando que se não vigiasse as moedas, algum ladrão roubaria seu grande tesouro.

Desse modo, o homem deixou de dormir e de comer para não se descuidar das moedas e acabou por ficar doente.

Então, a mocinha que limpava sua casa teve pena e ficou para cuidar dele, apesar de o senhor nunca ter sido bondoso com ela. Graças a tantos cuidados, ele ficou bom rapidamente e, agradecido, quis dar à moça um prêmio que pagasse sua boa ação. E, assim, deu a ela uma parte de suas moedas.

Ao dar as moedas, sentiu um calor e um formigamento no coração muito agradável, tanto que durante dias dedicou-se a repartir com os outros seu grande tesouro, só para voltar a ter essa sensação.

Aquele era o formigamento da generosidade e esse era o seu verdadeiro tesouro.

A pequena mentira

Um dia, Rosa sentiu uma vontade enorme de comer chocolate. Sua mamãe não queria que ela comesse antes do jantar, mas Rosa olhava a caixa de chocolate, pensando em como estaria gostoso.

Ela subiu em uma cadeira e alcançou a caixa de chocolate. Hummmm... cheirava tão bem. Quase sem perceber, Rosa comeu um pedacinho, outro, outro e mais outro, e... ai! Acabou o chocolate!

Rosa achou que, se sua mãe descobrisse, ia brigar com ela e decidiu não contar nada. Nesse momento, a mãe entrou na cozinha.

— O que você faz aqui, Rosa? — perguntou. — Como foi que você sujou o vestido com chocolate?

Rosa ficou pálida, mas estava decidida: contaria uma mentira. Por uma única mentira não ia acontecer nada com ela.

— Não fui eu!

— Ah, não? Então quem foi?

— Uns duendezinhos o sujaram — disse Rosa, e a pequena mentira foi crescendo até virar uma boa mentira.

— Uns duendezinhos? E de onde saíram?

— Entraram pela janela — disse Rosa, e sua mentira cresceu ainda mais, virando uma grande mentira.

— Mas a janela está fechada!

— É queeeee... um vento fortíssimo a abriu — respondeu Rosa. E a grande mentira cresceu ainda mais, transformando-se em uma supermentira.

— Mas, Rosa — disse a mãe —, a noite está tão calma!

— Bom, é que uma bruxa travessa mudou o tempo e trouxe um terrível vendaval.

O que começou com uma pequena mentira agora era uma ENORME, GIGANTESCA, TREMENDA mentira que ocupava toda a cozinha e que não as deixava respirar. Por isso, Rosa teve de deixar de lado sua grande mentira e contar a verdade.

Abelardo, o leopardo

No início dos tempos, os animais não eram exatamente como agora. O leopardo, por exemplo, era parecido com um gato grande sem manchas na pele e se dedicava a caçar, comer ou dormir o dia todo. Entre todos os leopardos, o mais preguiçoso era Abelardo.

Podia dormir por horas e horas e, como gostava tanto de dormir, raramente era visto caçando e estava sempre pedindo parte do almoço aos outros animais.

Os leões, os lobos, as panteras e o tigre solitário já estavam cansados das histórias de Abelardo, o leopardo, que passava o dia dormindo e, quando chegava a hora de comer, chegava perto com as orelhas caídas dizendo:

— Por favor, pode me dar um pedacinho?

Como os outros animais não queriam continuar repartindo sua comida com o preguiçoso Abelardo, combinaram de não fazer mais isso.

Certa manhã, Abelardo aproximou-se dos leões e pediu um pouco de sua carne, mas os leões lhe deram as costas.

Foi à procura das panteras, que também não quiseram dar nada ao leopardo e ainda mostraram suas garras.

Por último, atreveu-se a pedir um pouco de comida ao tigre, que, muito irritado, disse para ele procurar a própria comida, e ainda deu um empurrão que fez Abelardo rolar a montanha até cair em uma poça de barro que cobriu sua pele de manchas.

Desde então, os leopardos têm a pele manchada e isso é uma lembrança de que precisam caçar e não passar o dia todo dormindo.

O homem sábio e o gato

Um homem sábio descansava na margem de um rio. O céu estava totalmente azul e uma brisa suave corria entre as árvores, o que o deixava muito tranquilo.

De repente, toda aquela paz desapareceu e o sábio escutou bufos e agitos nas proximidades. Levantou-se e viu que, bem perto de onde ele estava, um pobre gato tinha caído na água e lutava em vão para sair, o coitado estava a ponto de se afogar.

O sábio entrou na água e pegou o gato, mas o bichano, assustado, arranhou o homem.

O sábio deixou o gato cair na água de novo, onde, outra vez, ele corria o risco de se afogar. Pela segunda vez tentou resgatar o animal, mas de novo o bichano o arranhou e assim, cada vez que agarrava o gato, este o arranhava ferozmente.

Um camponês que estava vendo a cena disse:

— Deixe-o, não vê que, sempre que tenta pegá-lo, ele arranha o senhor?

O homem sábio respondeu:

— A natureza do gato é arranhar, já a minha é ajudar.

E, envolvendo o braço com seu casaco, conseguiu tirar o gato da água sem levar outro arranhão.

O dragão do espirro

Atchim era um dragão muito pequeno, pequeníssimo, diminuto. Não se parecia em nada com os grandes dragões dos contos que cospem fogo pela boca, podem voar e vivem em cavernas fedorentas.

Apesar de ser bonzinho, Atchim vivia em uma caverna úmida e quente: a boca de um menino como você. E, por ser minúsculo, o menino nem sabia que ele estava ali.

Só que Atchim tinha a voz forte e explosiva, como a de um dragão gigantesco. Ele era muito tímido e raramente gritava. Só uma coisa o irritava bastante: passar frio.

Quando Atchim estava com frio... Ah! Podia-se ouvir um espirro tão forte que assustava até o menino e seus pais.

AAAAAAtchimmmmm!

— Você ficou resfriado outra vez — diziam os pais.

E colocavam cachecóis grossos no pescoço do menino. Atchim sentia um calorzinho gostoso e ficava adormecido por muito tempo.

Este era o dragão do espirro. Se você tem um, não se esqueça de colocar o cachecol ou seu dragão vai reclamar.

Atchim! Atchim! Atchim!

Quando a coruja
se perdeu

No bosque de Miraflores, cada animal tinha uma forma de falar. A rã coaxava (croac, croac); o rouxinol gorjeava (piiiio, piiiio); o pica-pau batia o bico nos troncos, como um tamborim (toc, toc, toc); o grilo cricrilava (cri, cri, cri) e o lobo uivava (auuuu, auuuu). Mas Dona Coruja era muda.

Ela não dizia nada porque vivia à noite, quando os outros descansavam, e podia importuná-los. Assim, quando escurecia, todos adormeciam, menos a coruja, que aproveitava para voar, abrindo os olhos imensos (capazes de ver na escuridão), e estendendo suas asas vaporosas e suaves que roçavam o ar.

Em uma noite de neblina, Dona Coruja se perdeu. Voou como sempre, ou pelo menos era o que ela achava. Mas, quando a névoa se dissipou, Dona Coruja percebeu que estava em um vale e não sabia voltar para o bosque. Muito assustada, pensou que o melhor era pedir ajuda, por isso fez um grande esforço e de sua garganta saiu um som estranho e novo:

— Uuuuuuh! Uuuuuuh!

Logo, nas proximidades, ouviu-se o potente uivo do lobo: auuuuu, auuuuu. Dona Coruja então voou na direção daquele som.

Um pouco mais tarde, escutou a batida do pica-pau: toc, toc, toc, e pôde aproximar-se mais.

Então, ouviu com clareza o gorjeio do rouxinol: piiiiio, piiiio, e viu a entrada do bosque.

Ainda escutou o coaxar da rã: croac, croac, e, quando já estava quase na metade do bosque, o cri, cri, cri do grilo deu-lhe as boas-vindas.

Uma vez a salvo, Dona Coruja ficou sentada num galho com um olho aberto e o outro fechado para poder vigiar todos os seus amigos, que a tinham ajudado a encontrar o caminho e a descobrir sua verdadeira voz.

Elvira e a sopa de letras

Elvira não gostava de sopa. Não gostava nada de nada de nada. Na verdade, Elvira odiava sopa. Cada vez que sua mãe lhe oferecia um prato de sopa, ela tapava o nariz com dois dedos e dizia "Eca"!

Elvira imaginava que os fios de macarrão eram minhocas, por isso afastava o prato e deixava que esfriasse. Todos nós sabemos que sopa fria não é nada gostosa!

Mas, um dia, sua mãe não encontrou espaguete no mercado e comprou um pacote de sopa de letras. Quando Elvira viu o fumegante prato chegar à mesa, protestou, como de costume. Mas então percebeu que não havia fios. Na superfície do prato flutuavam as, erres, efes, emes, is, pês... Elvira olhou muito surpresa, mas ficou ainda mais boquiaberta quando as letras começaram a se mover...

...foram se misturando e formaram uma clara frase:

Elvira, você é uma chata!

A menina não podia acreditar: seu próprio prato de sopa a estava criticando!

— Mamããããe! — gritou Elvira — a sopa está dizendo que sou uma chaaaaaata.

— Não fale bobagem e coma a sopa — respondeu a mãe.

De sua parte, a sopa de letras escreveu:

Isso, coma a sopa!

Muito aborrecida, Elvira comeu aquelas letras atrevidas, uma a uma, engoliu todas: as, esses, cês e pês, para calar aquela sopa tão mal-educada.

E essa foi a primeira vez que Elvira comeu toda a sopa. Não restou uma gota sequer, o que deixou a mãe muito surpresa.

O grande roubo
do século

Todos os animais viviam tranquilos no bosque fazendo suas coisas corriqueiras, quando, certa noite, de repente, a Lua desapareceu do céu!

— Roubaram a Lua! Roubaram a Lua!
— gritou o esquilo.

Aquilo era muito grave. Gravíssimo. Sem Lua, nenhum animal se sentia seguro no bosque à noite. Como iam caminhar despreocupadamente se "o grande farol" tinha se apagado?

— O grande roubo do século!
— disse a raposa.

— Quem pode ter feito isso?
— perguntou a rã.

Alguns acreditavam que o ladrão da Lua devia ser um animal muito alto; outros achavam que, com certeza, era um animal que podia saltar bem alto; outros diziam que o ladrão tinha que ser um grande escalador, porque certamente tinha alcançado a Lua subindo em uma grande árvore; já outros apostavam que seria um pássaro, que tinha voado até lá... Dessa maneira, todos os animais começaram a desconfiar uns dos outros.

E começaram a discutir entre si. De amigos, todos passaram a ser inimigos, porque qualquer um podia ser o ladrão da Lua.

Todos então se refugiaram em seus ninhos, cavernas ou tocas e ficaram quietinhos, em silêncio, enquanto a noite escura rodeava o bosque.

Uma noite, de repente, a Lua voltou ao céu. Era possível ver apenas um pedacinho, mas só isso bastou para iluminar e afastar o medo. E, a cada noite, ia crescendo mais e mais, até voltar a ser uma bola enorme. Depois, pouco a pouco, a Lua começou a diminuir até que uma noite, desapareceu. E tem sido assim desde então.

Preste atenção, porque, quando "roubam" a Lua do céu, os animais ficam mais calados até o "grande farol" voltar a se acender. Aí, eles saem de novo para se aventurar pela noite.

O príncipe chorão

Naquele reino esperava-se, há muito tempo, pela chegada de um herdeiro. Por isso, quando os reis, enfim, puderam anunciar que seu filho tinha nascido, todos se alegraram.

No entanto, desde o começo, todos perceberam que o príncipe era genioso e não fazia outra coisa a não ser chorar o dia todo.

Pode ser fome
— dizia a mãe.

Será que é dor?
— dizia o avô.

Ou medo
— dizia a avó.

Deve ser sono
— dizia o pai.

E assim, cada um buscava um porquê para as lágrimas do príncipe, que continuava chorando sem que nada o consolasse. Chorava, esperneava e suas birras e chiliques eram famosos em todo o reino e nos reinos vizinhos.

Um dia, chegou ao reino um viajante. Pelo caminho, muitas pessoas contaram a ele sobre o problema do príncipe chorão. O homem era inventor e, por isso, foi ao palácio e disse aos reis que tinha uma solução para seu problema. Entregou a eles um estranho objeto e um papel escrito:

— Coloquem este objeto na boca dele e cantem o que está escrito nesse papel.
E depois foi embora.

Os reis usaram o tal objeto e, na hora, o príncipe parou de chorar: ficou quietinho, quietinho. O que havia acontecido?

Ora, acabava de ser inventada a chupeta!

Depois, a rainha começou a cantar baixinho e os olhos do príncipe se fecharam docemente, até ele adormecer.

O segredo estava naquele papel em que o viajante tinha escrito a primeira canção de ninar:

*Durma, meu menino,
Durma, minha paixão.
Durma, pedacinho
do meu coração.*

A formiga Isabel
cruza o mar

Isabel era uma formiguinha negra e pequena, como muitas outras formigas. Tinha aprendido a andar em fila levando migalhas de pão ou grãozinhos de açúcar até o formigueiro.

Ninguém devia sair da fila, isso era muito importante, tanto que Isabel ia bem posicionada, sempre alinhada, com seu grãozinho de açúcar, até o formigueiro. Mas, lá no fundo, Isabel era diferente das outras formigas, porque enquanto caminhava em sua fila, ia sonhando coisas inacreditáveis.

Um dia sairei da fila, cruzarei a trilha, subirei na grama mais alta, olharei o que há do outro lado, talvez possa subir na grande montanha e depois chegar ao mar; e quando chegar ao mar, eu o cruzarei e, assim, serei uma formiga de além-mar.

Era nessas coisas que Isabel pensava. Mas não contava a ninguém, porque não cairia bem uma formiga trabalhadora ter esses sonhos.

Um dia, Isabel se cansou e, de repente, fez algo surpreendente e impensável (para uma formiga que se preze).

42

Saiu da fila, cruzou a trilha, subiu numa planta muito, muito alta e olhou do outro lado.

Ali estava a montanha. Por isso, ela começou a subir, passinho por passinho, até chegar lá em cima. Decidiu seguir adiante, desceu a montanha e aproximou-se da praia. Subiu numa folha que flutuava na água e, graças ao vento, a formiga Isabel cruzou o mar e pôde ver que do outro lado havia um imenso prado, lindo, cheio de flores.

Estava orgulhosa de ter chegado a um lugar desconhecido, onde jamais tinha pisado nenhuma outra formiga.

Com muito esforço (pois tinha que cruzar uma trilha, trepar em plantas, subir e descer da montanha e cruzar o largo mar), a formiga Isabel voltou para o seu formigueiro, depois de muitos dias.

Suas companheiras a receberam muito felizes e, desde então, todas elas respeitam muito aquela formiga valente e sábia, que tinha percorrido meio mundo.

Na verdade, Isabel cruzou um pequeno charco que estava a apenas um metro de seu formigueiro, mas as grandes façanhas sempre dependem de nossas possibilidades.

Afonso quer ser viking

Todos os meninos, quando são pequenos, sonham em ser astronautas, médicos, professores, bombeiros... mas Afonso tinha um desejo um "pouco" especial:

queria ser viking!

Todos acreditavam saber o futuro de Afonso.

— Será médico como o avô — dizia mamãe.

— Não. Quando Afonso crescer, será engenheiro — dizia papai.

— Ele desenha muito bem — opinava o vovô —, será arquiteto.

Mas Afonso, depois de muito hesitar (entre astronauta, palhaço, homem do tempo e cantor de rock), estava decidido: quando crescesse seria **viking!**

Que desgosto tiveram seus pais quando souberam disso!

— Viking? — perguntaram muito surpresos. — Como assim, você vai ser viking?

— Sim — disse Afonso —, cruzarei os mares do Norte em meu drácar, vestirei peles, usarei um capacete com chifres e comerei patas de cordeiro assadas.

Para seus pais, aquilo não parecia um futuro muito promissor e trataram de convencer o menino de que era muitíssimo melhor ser cirurgião, mas Afonso não deu o braço a torcer e continuou empenhado em ser viking. Para isso, estudou bastante Geografia, pois um viking deve saber ao menos onde ficam Noruega, Suécia, Dinamarca e até a Finlândia. Também precisou aprender idiomas. E também, sem dúvida, navegação e orientação pelas estrelas. Ficou em forma, porque os vikings eram muito fortes.

E, justo quando tinha tudo preparado para ser um autêntico viking, decidiu que, quando crescesse, seria jogador de futebol. Os pais, claro, sentiram um grande alívio porque, ainda que preferissem médico, engenheiro, advogado ou banqueiro, um jogador era MUITO melhor que um viking! (era o que eles achavam.)

45

Manuel Leitor

Manuel Leitor passava todo o tempo lendo. Novelas, contos, poemas, canções, relatos... Não parava de ler e ler, e era a pessoa mais feliz que se possa imaginar.

Um dia pensou que já tinha lido o suficiente para sair no mundo e colocar em prática tudo o que havia aprendido. Mas o mundo era muito diferente do que Manuel acreditava. No mundo não havia castelos habitados por grandes reis, nem guerreiros fabulosos, nem princesas raptadas por dragões.

O que havia era muita gente que ia e vinha com cara de mau humor e muita pressa nas ruas cheias de trânsito. Todos olhavam o relógio constantemente, sem parar de falar ao telefone.

Manuel achou que devia ajudar todas as pessoas que pareciam infelizes e concluiu que só tinha uma maneira de fazer isso: lendo!

Colocou-se no meio da praça mais concorrida com seu livro de contos favorito e começou a ler. No começo, só uma menina parou para ouvir, mas pouco a pouco as pessoas foram se agitando ao seu redor, enfeitiçados pela história que ele lia. Todos esqueceram sua pressa e o mau humor. Aquele dia, enquanto escutavam, puderam viajar a reinos distantes e aprender muita coisa, ninguém se sentiu solitário.
Todos ficaram tão felizes quanto Manuel Leitor. Leia e comprove.

Quando José conheceu o senhor Porfavor

Certamente você é uma criança bem-educada e já sabe que tem de dizer por favor para pedir algo. José não sabia, até que conheceu um estranho homenzinho.

José quase sempre pedia as coisas aos gritos:

Manhêêêêê, quero mais comida!

Papaiiiiii, quero água!

Saia da frente!

Dê-me o cadernoooo!

Ninguém mais aguentava os gritos do menino José, até que, um dia, quando voltava do colégio, ele se encontrou com um homenzinho no caminho.

— Sou o senhor Porfavor — apresentou-se, tirando o chapéu com muita educação.

— E eu com isso? — respondeu José.

O senhor Porfavor logo percebeu que José não era um bom menino. Pelo contrário, era mal-educado. E, por isso, decidiu dar a ele uma lição.

— Sou um mago — disse. — Posso conceder tudo o que você quiser desde que, ao pedir, diga o meu nome.

José achou que o homezinho estava louco, mas também não perderia nada se tentasse, por isso pediu algo:

— Você pode me dar um bolo de chocolate, Porfavor?

Em instantes, o mais delicioso dos bolos de chocolate apareceu diante dele. Naturalmente, José o comeu inteirinho, sem deixar uma migalha. Então, pensou em pedir algo mais.

— Você pode me levar ao parque de diversões, Porfavor?

E num segundo, lá estava ele, na melhor das atrações. José passou um dia inteiro pedindo tudo aquilo de que mais gostava: espaguete com molho de tomate, suco de melancia, histórias em quadrinhos, uma visita ao zoo... E foi assim que ele se acostumou a falar POR FAVOR ao pedir as coisas.

Agora, acredito que tudo o que José necessita é encontrar-se com o senhor OBRIGADO...

A princesa que não queria se casar

No tempo dos contos aconteciam as coisas mais estranhas. Uma delas é que as princesas, por serem princesas, tinham que se casar com um príncipe. Era algo obrigatório.

Normalmente, as princesas ficavam encantadas por se casar com um príncipe e viver num castelo, mas uma delas, chamada Adelaide, não queria se casar e esta é sua história.

— Não vou me casar **NUNCA** — disse a seus pais, os reis. — Serei livre e vou me dedicar a conhecer o mundo.

A rainha desmaiou e o rei ficou furioso.

— Claro que você vai casar! — gritou o rei.

E, para convencer a princesa, trancou a própria filha em uma torre de sete andares, vigiada por sete dragões.

— Você vai ficar aí até que mude de opinião — disse o rei.

Passaram-se dias e meses sem que a teimosa princesa mudasse de opinião. Por fim, o rei, cansado de ter uma filha cabeça-dura, resolveu libertá-la.

— Se não quer, que não se case — disse, abatido.

Adelaide ficou muito feliz por ter vencido. No tempo em que ficou presa, leu muitos livros e fez amizade com os sete dragões, por isso decidiu aproveitar sua liberdade e começar sua viagem ao redor do mundo. Os dragões a levaram para a China e para a Índia, à África e às ilhas mais distantes. Mas, um dia, ela decidiu voltar para casa. Queria contar aos pais as maravilhas que tinha visto. Por isso, foi correndo ao salão do trono, onde, naquele momento, o rei conversava com o príncipe de um reino vizinho.

Quando Adelaide entrou, o príncipe olhou para ela surpreso, e ela, de imediato, teve uma sensação especial. Estava apaixonada!

E foi assim que, no final, a princesa que não queria se casar, casou-se. É que o amor chega quando tem de chegar, sem avisar.

O morcego e a neve

O morcego Artur vivia no interior de uma caverna bem escura. Ali a luz nunca chegava e havia uma umidade muito agradável para um morcego.

Artur se pendurava de cabeça para baixo (como fazem os morcegos) e vivia muito feliz.

Mas sempre existe um dia em que um morcego se pergunta o que existe fora da caverna e esse dia chegou para Artur numa quarta-feira.

— O que haverá fora da minha caverna? — perguntou-se ele.

E voou rapidinho até a saída. Viu que quando a gruta terminava havia um buraco redondo que deixava entrar a luz.

Artur achou perigoso, mas sua curiosidade era mais forte e, finalmente, ele saiu. Então, ficou totalmente deslumbrado:

— Ooooohhhhh! — exclamou.

Lá fora, ao contrário da caverna negra, tudo era completamente branco. Naquela noite, tinha nevado no bosque e tudo estava coberto por um manto branco, mas isso Artur não sabia. Simplesmente achou que o mundo era totalmente branco e brilhante, o que machucava seus olhos e dava medo, por isso voltou para sua quente e segura caverna.

E, assim, Artur nunca soube que as árvores são verdes e o céu, azul. Ele achou que o mundo exterior era sempre branco.

Lúcia Não-Acredito

O ruim de ser desobediente e teimoso é que, por ser obstinado, você pode perder coisas maravilhosas, por mais inacreditáveis que pareçam.

Não importava o que você dissesse a Lúcia, porque ela sempre respondia a mesma coisa: "Não acredito".

— Lúcia, está frio.

— Não acredito.

E Lúcia saía sem casaco e sem cachecol.

— Lúcia, não há monstros debaixo da cama.

— Não acredito.

E Lúcia olhava todas as noites debaixo de sua cama procurando monstros.

— Lúcia, se você pisar na água, vai se resfriar.

— Não acredito.

E Lúcia procurava poças de água para saltar sobre elas.

54

De tanto dizer isso, ela passou a ser chamada de "Lúcia Não-Acredito". Numa tarde em que estava muito entediada, ela foi para o sótão da casa da avó. Lá costumavam ficar trastes e roupas velhas usadas como fantasia. Mas, nesse dia, não encontrou nada disso, e sim um livro chamado: O Livro das Coisas Inacreditáveis. Começou a ler e você não sabe o que tinha lá.

Coisas como...

Os elefantes são os únicos mamíferos que não podem pular

Os mosquitos têm dentes

A coruja pode girar a cabeça quase por completo

A vaca pode subir escadas, mas não descê-las

O coala dorme 22 horas por dia

O crocodilo não consegue mostrar a língua

RING RING

Naturalmente, Lúcia Não-Acredito não acreditou em uma palavra, mas você não sabe: era tudo VERDADE!

Uma mensagem na garrafa

Há duzentos anos, um pescador apaixonado atirou ao mar uma mensagem de amor dentro de uma garrafa As palavras que escreveu vinham de seu coração e eram, portanto, as mais doces que já foram lidas.

A garrafa caiu na água fazendo *ploft*! E, flutuando, deixou-se levar pelas ondas, adentrando no oceano. Durante duzentos anos, ela viajou e viajou, rodeada de golfinhos ou baleias. Às vezes, esteve perto de barcos e pessoas, mas seguiu viajando, até que, um dia, chegou a uma praia e ali ficou, semienterrada na areia.

Numa tarde de inverno, a praia estava deserta, mas dois jovens apaixonados, ignorando o frio e a chuva, passeavam de mãos dadas, olhos nos olhos, sem ver nada mais além de seu próprio amor.

Em seu passeio sem destino, encontraram e abriram a garrafa e leram a mensagem de amor do pescador que, duzentos anos antes, tinha sentido a mesma emoção que eles.

Os apaixonados acreditaram que o mar tinha lhes dado de presente aquelas palavras de amor e as levaram muito felizes, como mais uma prova de seu coração palpitante.

É que o amor não tinha mudado em duzentos anos, nem em trezentos, nem em mil, mas todos os apaixonados acreditam que são os primeiros a descobri-lo.

Um conto chinês

No lago de Lu Yi flutuava uma flor de lótus particularmente bonita. Era branca, com as bordas de cor dourada, e brilhava à luz do sol com tanta formosura que, às vezes, apareciam visitantes de outros países somente para vê-la.

Lu Yi era um rico comerciante e tinha muitos tesouros, mas de nenhum deles sentia tanto orgulho como de sua flor de lótus.

Uma manhã, a flor de lótus desapareceu do lago e Lu Yi mandou que seus criados procurassem por todo o jardim. Mas, caiu a noite, e a flor não apareceu. Então, Lu Yi prestou atenção em seu velho jardineiro.

Ele passava o dia no jardim, muitas vezes isolado e, portanto, podia ter roubado a flor de lótus. Lu Yi começou a suspeitar de que era ele o ladrão.

Quanto mais o observava, mais achava que seus gestos e movimentos eram os de um ladrão. Seu olhar era o de um ladrão. Seu sorriso era o de um ladrão. Até sua roupa era a de um ladrão.

Mas bem na hora em que Lu Yi ia acusá-lo, a flor de lótus apareceu no ninho de um cisne. À noite, o vento a havia levado até lá e ela estava presa no ninho. Os criados pegaram a flor com muito cuidado e a levaram de novo para o lago.

Então, Lu Yi voltou a observar seu velho jardineiro e, de imediato, percebeu que nem seus movimentos, nem seus gestos, nem seu olhar, nem sua roupa, nem seu sorriso eram os de um ladrão.

Areia e rocha

Em um vilarejo de pescadores, localizado entre as montanhas e a praia, viviam dois amigos que se gostavam muito, estavam sempre juntos e se ajudavam em tudo o que podiam. Um se chamava Miguel e o outro, Paulo.

Certa tarde, quando recolhiam seus equipamentos, Miguel, por descuido, estragou a rede do companheiro. Paulo ficou muito bravo com ele e, pela primeira vez, gritou com o amigo. Miguel se entristeceu e, sem nada dizer, escreveu na areia:

Paulo ficou bravo comigo.

Alguns dias depois, os dois fizeram as pazes e foram nadar no mar. Estavam se divertindo, quando apareceu um tubarão que começou a perseguir Miguel. Paulo resgatou o amigo da água e o salvou do tubarão.

Miguel não disse nada, mas escreveu na rocha:

Paulo me salvou.

Paulo, surpreso, perguntou:

— Por que você escreveu na areia que eu tinha ficado bravo e agora escreve na rocha que eu salvei você?

— Escrevi a parte ruim na areia, porque sabia que o vento apagaria, mas a parte boa quero que fique gravada na rocha para sempre.

Os óculos mágicos de Laura

Quando o médico decidiu que Laura tinha de usar óculos, ela não gostou. Os óculos pareciam um incômodo, tinha de lembrar todos os dias de limpá-los e usá-los, parecia que seu rosto ia ficar muito estranho com eles e, além disso, as outras crianças ririam dela.

Sua mãe não queria nem ouvir falar de não usar os óculos, mas disse para a menina que podia escolher os de que mais gostasse, por isso foi com ela à ótica do senhor Gustavo. Aquele lugar parecia o país dos óculos, havia milhares deles, e de todos os tipos: óculos para enxergar, óculos de sol, óculos grandes, óculos pequenos, quadrados, redondos, verdes, roxos, azuis, vermelhos, brancos...

Laura passou muito tempo na ótica do senhor Gustavo. Experimentou alguns modelos, mas achou que as hastes apertavam suas orelhas. Outros escorregavam pelo nariz (Laura tinha o nariz pequeno). Teve os que deixaram seu rosto muito redondo. De outros, ela não gostou da cor. Escolher óculos não é nada fácil, por isso o senhor Gustavo decidiu ajudar aquela menina tão simpática.

— Experimente estes — disse ele.

Laura colocou os óculos. Eram muito bonitos, cor-de-rosa, mas o mais incrível era como enxergava bem com eles.

— Estes óculos são mágicos — disse o senhor Gustavo em voz baixa.

Assim, Laura comprou aqueles óculos. E desde esse dia começaram a acontecer coisas inacreditáveis.

Quando Laura lia um conto com seus óculos, o final era sempre feliz.

Cada vez que estudava com seus óculos, tudo ficava em sua memória e depois tirava boas notas.

Quando Laura olhava através de seus óculos o que havia para comer, sempre era espaguete.

Todas as pessoas para quem olhava com seus óculos eram mais bonitas e mais amáveis do que o normal.

Laura estava encantada com aqueles óculos mágicos!

Por isso, quando o chato do Ricardo começou a rir dela, Laura olhou para ele através de seus óculos mágicos e, em vez do menino forte e corajoso que ele aparentava ser, viu foi um menino desesperado, que já não sabia o que fazer para chamar a atenção e para que o ouvissem.

— Pobre Ricardo! — pensou Laura.

E ficou amiga dele.

Quando, anos depois, o médico disse que não precisava mais de óculos, Laura parou de usá-los. Mas ela ainda os guarda em uma caixa e, se de vez em quando necessita ver as coisas de uma forma mais alegre, ela coloca seus óculos mágicos e o mundo volta a ser cor-de-rosa.